あきらめる勇気

「見えなくなった」僕を助けてくれたのは

松永信也

法藏館

目次

5章 雑 草 生きていく勇気

あきらめる勇気——「見えなくなった」僕を助けてくれたのは

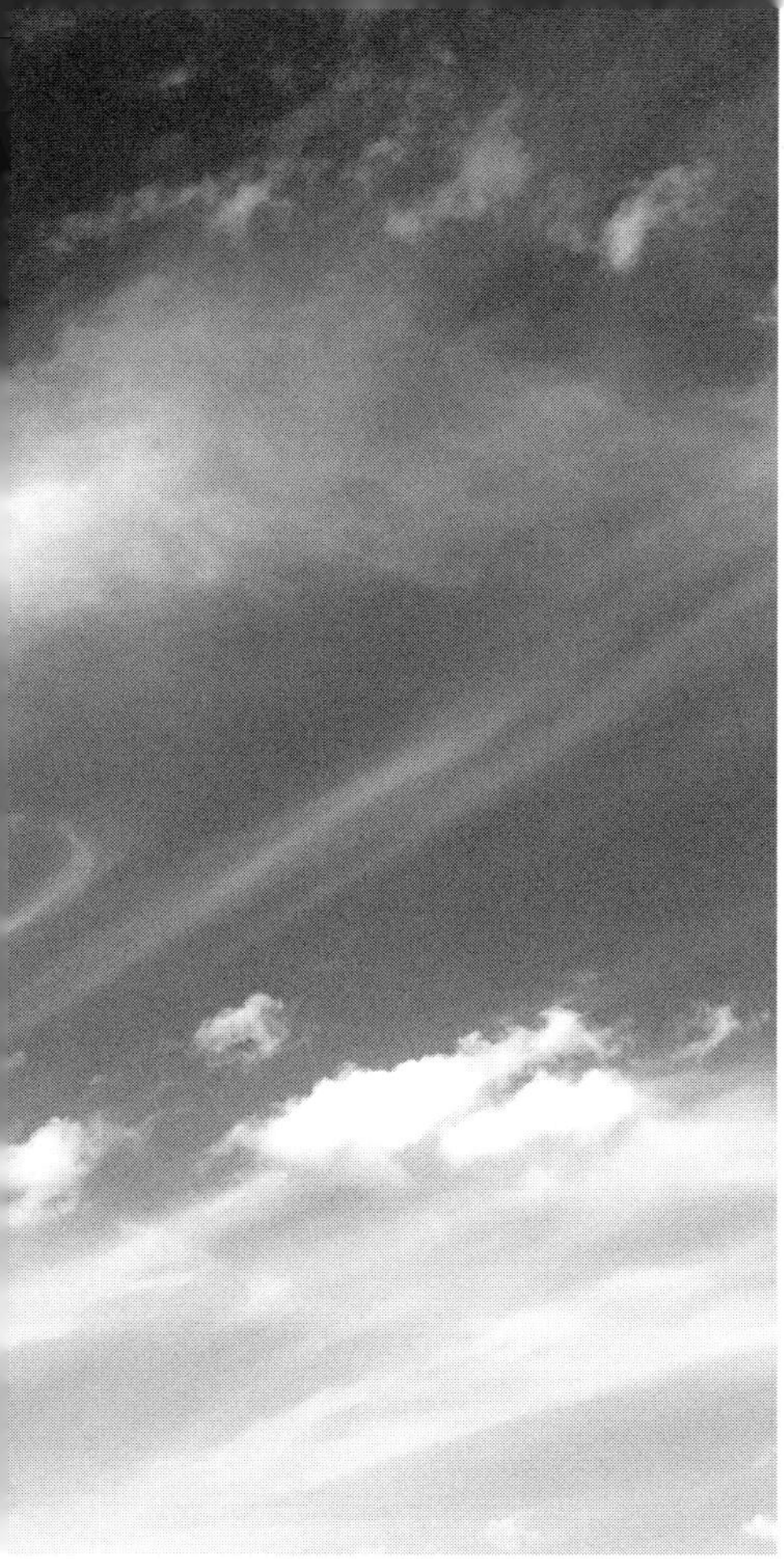

序章　未来に向かって

網膜色素変性症《もうまくしきそへんせいしょう》の悪化だろうか。
読んでいる活字《かつじ》がぼやけていることに、ふと気づく。
本から目を離し、瞬《また》きを繰り返す。
周囲を見回す。
霧《きり》の中にいるような感覚になる。
三〇年くらい前、まだ三〇歳台後半だった頃の記憶だ。
時間と共に霧は深くなっていった。
緩《ゆる》やかな穏《おだ》やかな時間の流れだった。
遠くを見つめて、自《みずか》らに問いかけた。
僕《ぼく》は本当に見えなくなってしまうのだろうか？
霧が濃くなって雲の中にいるように感じ始めた頃から、
その問いをあまりしなくなっていった。
その問いと向かい合うことを、
脳が無意識に避《さ》けるようになっていったのかもしれない。
恐怖から逃《のが》れるための自己防衛反応《じこぼうえいはんのう》だったのだろう。

容赦《ようしゃ》なく時は流れていった。
やがて、雲は目の前全体を覆《おお》い、灰色一色の世界に僕を連れていった。
四〇歳を過ぎた頃には、僕の目は光さえも感じなくなった。
子供の頃から弱虫だった。
現実と戦うような力は、元々持ち合わせていなかった。
僕は、ただじっと呼吸していた。
押し黙ったまま呼吸していた。
何かが過ぎ去ることを願っていたのかもしれない。
悲しみ、苦しみ、確かにあった。
孤独感《こどくかん》、挫折感《ざせつかん》、確かに感じた。
この世から逃《に》げ出したい衝動《しょうどう》にかられたことも、ゼロではない。
それなのに呼吸を続けた。
細々《ほそぼそ》と続けた。
そして、少しずつ少しずつ、何かが溶《と》けていった。
同じように失明《しつめい》した仲間に尋《たず》ねても、似たような答えが返ってくる。

「あきらめる勇気」みたいなものが、人間にはあるのかもしれない。
確信とまではいかないが、そんな気がする。
僕は少しずつ僕を取り戻していった。
そして見えていた頃のような社会参加を夢見た。
でもそれは、まさに夢だった。
福祉授業でお招《まね》き頂いたいくつかの小学校で、子供達に尋ねてみた。
「白い杖《つえ》を持った僕達を見かけた時にどう思いますか？」
「かわいそう」という答えが九割を超えた。
「あきらめる勇気」は、僕達自身を変えられても、社会を変えることはできない。
夢に向かってメッセージを発信しようと考えた。
見える人も、見えない人も、見えにくい人も、
皆が笑顔で参加できる社会という夢だ。
ホームページでブログを始めたのは二〇一二年の暮れ、五五歳の時だった。
週に二、三回書いていていた。
コツコツと書き続けた。

書いた数は一〇年で一〇〇〇を超え、アクセス数も一六〇万を超えた。
予想以上の結果となっている。
有難《ありがた》いことだ。
でも、夢にはまだまだ遠い。
夢に向かうために、いくつかを選んで本という形にすることにした。
読んでくださった皆様が、「かわいそう」を超えていってくださることを願う。
一緒に未来に向かって歩いてくださることを、心から願う。

1章　ドット

見えなくなって

松茸御飯

目が見えなくなるということは、何もできなくなることに近いと思っていた。
実際に、見えなくなった頃はたくさんのものを失《うしな》ったような気がした。
自由に外出するという基本的な行動ができないということは、
何よりも大変だった。
それによって仕事ができないということが一番悔《くや》しかった。
リハビリを受けて白杖《はくじょう》で歩けるようになったが、
なかなか職業には出会えなかった。
少しずつ努力は報《むく》われたが、「人並《ひとな》み」とは程遠かった。
「人並み」を求めて歩き続けた。
「人並み」を目指して歩き回っていた頃、
帰宅した玄関に、よくおかずの入った袋がぶら下《さ》がっていた。
近くで暮らしていた両親が届けてくれたものだった。

僕《ぼく》の心には感謝と申し訳なさが同居していた。
本来ならこちらが届ける年齢だった。
銀行で生活費を下《お》ろした日、たまたまデパートに立ち寄る用事があった。
秋が始まったばかりの頃だった。
デパ地下では松茸《まつたけ》を販売している声が聞こえていた。
値段を尋《たず》ねたら、三万円だった。
僕は衝動的《しょうどうてき》に買ってしまった。
自分で食べたいと思ったわけではなかった。
デパートを出て、急いで帰宅した。
デパートの包装紙をはずして古新聞で包みなおした。
実家に向かった。
「友達がプレゼントしてくれたんだ。すき焼きに入れたらおいしいらしいよ」
僕は嘘《うそ》をついて両親に渡した。
驚いた、うれしそうな親父《おやじ》の声が、今も忘れられない。
数日して、また玄関に袋が下がっていた。

松茸御飯だった。
松茸がどっさり入っていた。
きっと渡したほとんどを、僕に届けてくれたのだろう。
僕は泣きながら松茸御飯を食べた。
見えない目から、大粒の涙がいくつもこぼれた。
僕は僕のままでいいのかもしれないと、何故《なぜ》か思った。
僕は「人並み」をあきらめられるような気がした。

日陰

カンカン照りの昼下《さ》がり、僕《ぼく》はバス停の点字《てんじ》ブロックの上に立っていた。
暑いというよりも熱いという感覚で、真夏の太陽を感じていた。
首筋から汗が流れていた。
時刻表を見られない僕は、早くバスが到着してくれればと願いながら立っていた。
わずかの時間の流れかもしれないのに、長い時間が過ぎたように感じていた。
ハンカチで拭《ふ》いても拭いても汗は流れた。
「こちらに来たらましですよ」
突然、おじいさんが僕の腕をつかんで、ゆっくりと引っ張った。
数歩動いた場所に、バス停の屋根の日陰があった。
日なたとは比較にならないほど涼しく感じた。
気温も数度は低いのだろう。
日なたでは感じなかった微風《びふう》にも気づいた。

僕がバス停に着いてからの数分間、何も音は聞こえなかった。

だから、バス停に僕以外に人がいるかもわからなかった。

おじいさんが僕に声をかけようと思ってから実際にかけるまで、
数分間を要したということになるのかもしれない。

見るに見かねて声をかけてくださったのかもしれない。

「この暑さはたまりませんなぁ」

日陰で並んだ僕におっしゃった。

「うれしいです。ありがとうございます」

僕が答えた後、返事はなかった。

それはそうだろう、会話としては成り立ってはいない。

それからまた、しばらくのバス待ちの時間が流れた。

「バスが来ましたよ。先に乗ってください」

おじいさんはおっしゃった。

その口調から、僕の気持ちが通じていたのがわかった。

「ありがとうございます」

僕は再度お礼を言って、いい気分でバスに乗車した。

光が確認できない僕の目は陰を見つけることはできない。

でも、やさしさを見つけるのは、見えていた頃よりはるかに上手《じょうず》になった。

幸せ探しが上手になったのかもしれない。

絵日記

電車は混んでいたので、僕《ぼく》と友人は通路まで移動した。
僕は二人座りのシートの角《かど》にある取っ手を持って立っていた。
窓際が少女で、通路側にお母さんが座っていた。
しばらくして少女は僕に気づいた。
二人は席を僕達に譲《ゆず》ってくれた。
「白い棒を持った人は目が見えない人って、学校で教えてもらったの」
少女は自慢気にお母さんに説明した。
お母さんは気づくのが遅れたことを僕に謝って、気づいた娘《むすめ》にお礼を伝えていた。
それだけで素敵な親子だなと感じた。
当たり前のように、僕と少女の間に会話が生まれた。
少女は点字《てんじ》や盲導犬《もうどうけん》の話を僕にしてくれた。
僕は触針《しょくしん》の腕時計を見せたりした。

点字の付いた名刺もプレゼントした。
少女はうれしそうに指で触《さわ》っていた。
あっという間に僕達は目的の駅に着いた。
僕達は親子にお礼を伝えて、電車を降りた。
少女がどんな格好だったかなどを、友人が細《こま》かに説明してくれた。
赤いハンドバッグが似合っていたそうだ。
そして満面の笑みだったと教えてくれた。
やさしさに包まれた時間が、僕の心の中で絵日記になった。
今年の夏の大きな思い出になるのを自覚した。

ドット

僕《ぼく》は桂《かつら》駅からの最終バスによく乗車する。
これに乗り遅れると、タクシー代一五〇〇円が吹っ飛んでいく。
見えない僕が慌《あわ》てるのは危険だからと自分に言い聞かせてはいるが、
そんなにしょっちゅう乗るわけにもいかない。
僕と同じような気持ちの人が、最終バスに駆け込んでくる。
そして途中で一人、二人と降りていかれる。
僕が降りるバス停は終点の二つ前だから、
いつも最後の数人の乗客の一人ということになる。
僕だけということもたまにはある。
京都《きょうと》のバス停には、だいたい点字《てんじ》ブロックが敷設《ふせつ》されている。
バスは後方のドアから乗車するようになっていて、
運転手さんはそこを点字ブロックに合わせて停車してくださるのが通常だ。

僕の頭の中の地図は、この点字ブロックがスタート地点になっているので、それがキャッチできないと帰る方向がわからない。

だからいつも、バスを降りたらまず点字ブロックを探すということをする。

白杖《はくじょう》で探《さぐ》りながら、少し後戻りするのだ。

アバウトの方向で動くのだから、見つけるのに時間がかかることもある。

見た目には少し変な動きだろう。

今夜も僕は最後の乗客だった。

バスが停車してから降車ドアに向かった。

「ドットに着けましたからね。今日もお疲れさまでした」

運転手さんの言葉と、僕のありがとうございますの言葉が交差した。

僕は意味がわからなかったのだけれど、とにかくいつものようにバスを降りた。

降りた一歩目の足の裏でドットが微笑《ほほえ》んだ。

点字ブロックのことだったのだ。

運転手さんは、いつもの僕の動きをご存知だったのだろう。

僕は振り返って深くお辞儀《じぎ》をした。

空っぽのバスが終点に向かって走り出した。

僕は走り去るバスに向かって声を出した。

「今日もお疲れさまでした。ありがとうございました」

言い終わってから目頭が熱くなった。

僕はすがすがしい気持ちで、白杖をしっかりと握り直して家路についた。

スペイン料理

「松永《まつなが》さんですか？」
京都《きょうと》市内のバス停で声をかけられた。
「以前、松永さんの企画されたスペイン料理の会に行ったことがあります」
それを聞いた瞬間、途方もない懐《なつ》かしさと恥《は》ずかしさが僕《ぼく》を包んだ。
目が見えていた頃、児童福祉施設で働いていた。
文字を読めなくなり、
外を歩くのに恐怖を感じるようになった三九歳の時に退職した。
それから一年間は、ただ息をしているだけの抜け殻状態だった。
次の年の春、ライトハウスでの中途失明者生活訓練《ちゅうとしつめいしゃせいかつくんれん》を受けることにした。
白杖《はくじょう》を使っての歩行訓練、点字《てんじ》、音声ソフトを使ってのパソコン。頑張った。
一年間の訓練を終えて再度の社会復帰を目指したのが、四一歳の春だった。
でも現実は厳しかった。

ハローワークや障害者の職業相談に出向いたが、働ける場所はなかった。
無職と言わなければならない自分自身が悲しかった。
見えなくなったことが悔《くや》しかった。
仕方なく、いろいろなことを始めた。
「夢企画《ゆめきかく》」という名刺を作って、
視覚障害者に便利な音声時計などの販売をやった。
世間に出回り始めた携帯電話の中から、
視覚障害者にも使いやすいような機種を選んで紹介するようなこともした。
取り扱い説明を声でカセットテープに入れて、お客様にお渡しした。
視覚障害者の知り合いが増えていった。
その交わりの中で、外食を楽しみたいという声を聞いた。
僕はいくつかの店と交渉して食事会を企画した。
見えなくても食べやすいメニューを選び、案内を点字《てんじ》でも作った。
その中にスペイン料理のお店もあった。
参加してくださった視覚障害者の方からは、喜びの声をいくつか頂いた。

でも経費的には赤字だった。
音声時計を視覚障害者の方の家まで配達したことも幾度もあった。
収益は一回三〇〇円程度だった。
大変さを気遣ったお客様が、お土産にアンパンをくださったこともあった。
携帯電話はどんどん新機種が発売されて、追いつけなくなっていった。
数年頑張ったが、結局、利益が一か月に五万円になることはなかった。
中学校での点字教室を依頼されたことをきっかけに、販売の仕事はやめた。
商売の才能はまったくなかったことを実感した。
点字教室は、一時間の授業で五千円も頂けた。
一般社会では珍しいことではなかったかもしれないが、
当時の僕には驚くべき金額だった。
それから、点字教室だけでなく、いろいろな授業や講演の依頼などが、
少しずつ増えていった。
年収一〇〇万円を目指したが、達成には七年かかった。
五〇歳を過ぎていた。

次の目標を密《ひそ》かに年収三〇〇万円としたが、そこにたどり着けることはなかった。
ただ、頑張ってこれたことには満足している。
僕なりに働いてこれたと思っている。
負け惜しみかもしれないが、
お金よりも大切だと思える仕事にも力を注《そそ》ぐことができた。
振り返れば、いつの間にか、そちらが主《おも》になっていたのかもしれない。
夢を抱きながら歩き続けることができたような気がする。
そしてここまでやってこれたのは、出会った人達のおかげだ。
数えきれない人達が、僕の背中をそっと押してくださった。
押されながら歩く方向を見つけ、歩く速さも増していったのかもしれない。
いつの頃からか年収は考えなくなった。
それよりも、僕にできる仕事をひとつひとつ大切にしたいと思えるようになった。
スペイン料理の思い出を話してくださった時には、
懐かしさと恥ずかしさがあった。
でも、その恥ずかしさには少しの喜びも混在しているのを感じた。

不思議な感覚だった。

「当時は、参加してくださって本当にありがとうございました」

僕は改めて二〇年ぶりのお礼を、心を込めて伝えた。

今度は自分自身で、ゆっくりとスペイン料理を食べに行ってみたいと思った。

2章　深呼吸

見えなくても

最高の朝

もうすぐバス停かな、と思って歩いていた。
バスのエンジン音が僕《ぼく》を追い越して、ちょっと先で停《と》まった。
ということは、すぐそこがバス停なのだ。
間に合わないかなと思いながら、それでもほんの少し急ぎ足で歩いた。
エンジン音は、待っていてくれるようだった。
運転手さんは僕が無事に乗車したことを確認すると、マイクでおっしゃった。
「正面の席が空いています。待っていますから慌《あわ》てずに座ってください」
朝一番の「ありがとうございます！」を声に出しながら、座席に座った。
バスが桂《かつら》駅に着いたら、乗客のお一人が声をかけてくださった。
「一緒に降りましょうか？」
僕は彼女の肘《ひじ》を持たせてもらってバスを降りた。
そしてそのまま改札口まで向かった。

「ありがとうございました」
改札口からは点字《てんじ》ブロックに沿って、いつもの順路でホームに向かった。
ホームでは、僕を見つけた駅員さんが乗車のサポートをしてくださった。
烏丸《からすま》駅で地下鉄に乗り換える時も、烏丸御池《からすまおいけ》駅で東西線に乗り換える時も、
他の乗客のサポートを受けることができた。
目的の市役所前駅に着いたのは、予定よりも三〇分以上早かった。
家から目的地まで、計六人の人が手伝ってくださった結果だ。
「ここの改札で、人と待ち合わせなのですが、ちょっと早く着いたので、
一番近いコーヒーショップを教えていただきたいのですが」
僕は改札口の駅員さんに尋《たず》ねた。
「この点字ブロックを左に歩いて、次を右に……」
駅員さんは最初、説明しようとされたが、すぐに案内を申し出てくださった。
僕は駅員さんの肘《ひじ》を持たせてもらって、
またまた楽《らく》チンでコーヒーショップにたどり着いた。
パン屋さんがやっているコーヒーショップ。

何をするでもなく、ただぼぉーっと時間を過ごした。
三〇分間、コーヒーの香りとほろ苦《にが》さを味わいながら、
そっと流れるBGMの音楽を楽しみながら、至福のひとときだった。
見えなくなって良かったことは、やさしい人達に出会えること。
朝、家を出てから目的地までの約一時間、駅員さんも含めて七人の人と交わった。
朝から七回も「ありがとうございます」と言えた。
ありがとうは、言っても聞いても幸せになれる魔法のような言葉だ。
ちなみに、八人目はコーヒーショップのおねえさんだった。
お店の出口までの案内を頼んだら、そのまま改札口までサポートしてくださった。
「気をつけて行ってらっしゃい」
別れ際の言葉も素敵だった。
そうそう、メニューが見えない僕は、値段もわからないままコーヒーを注文する。
今朝《けさ》のコーヒー、二〇〇円！
幸せが三倍くらいになったかな。
最高の朝となった。

深呼吸

兵庫県《ひょうごけん》の田舎で暮らす友人からのメール。
「今年は彼岸花《ひがんばな》の開花が遅いようで、
今朝《けさ》はまだ蕾《つぼみ》が朝露《つゆ》に濡れて太陽に照らされていました。
一年で一番深呼吸をしたくなるこの季節に
稲穂の傍《かたわ》らであぜ道を赤く染めるように咲くこの花が僕《ぼく》はとても好きなんです。
心地良い、おだやかな貴重な季節を楽しくお元気でお過ごし下さい」
たったこれだけの文章が、実《みの》った稲穂の黄金《こがね》色、高く澄んだ青空、
彼岸花の見事な朱色、そして、この国の素敵な秋を僕に届けてくれた。
友人と言っても、僕はまだ彼と会ったことはない。
ふとしたことで知り合って、何度かメールのやりとりをしただけだ。
つい先日も、大阪《おおさか》の街の空で見つけた虹の風景を、別の友人が届けてくれた。
確認できた色を並べてあった。

その文章を読んだ時も、僕は幸せな気持ちになった。
見えなくなって一〇年以上の時間が流れた。
見えないことは、仕方ない。
人間は、あきらめる勇気も、我慢する力も持っている。
だから、見えない日常で、いちいち落胆なんかしていない。
それなりの喜怒哀楽に包まれた、それなりの日々が存在している。
でも、こうして目を貸してくれる人達との交わりは、
見えなくなってから知った人間社会の素敵な事実だ。
ひょっとしたら、見えている頃に気づかなかった風景が、
いや、見過ごしていたかもしれない季節の色合いが、そっと届けられる。
ちょっと贅沢《ぜいたく》な気分になる。
ラジオの天気予報が、今日の降水確率0《ゼロ》パーセントを告げた。
よし、今日はどこかで、両手を広げて、思いっきり深呼吸しよう。
秋の空を眺《なが》めながら、思いっきり深呼吸しよう。

雷雨

夢中で草抜きをしていた。
長袖シャツと長ズボン、麦わら帽子《ぼうし》を覆《おお》うように付いている網が顔も隠していた。
庭仕事の時のユニフォームだ。
前触《まえぶ》れもなく突然に、冷たい風が吹き始めた。
雨もぽつりぽつりと落ちてきた。
空が我慢できずに泣き始めたような感じだった。
手に当たる感覚よりも、麦わら帽子に当たる音のほうが早かった。
雨は大粒になり、同時に雷様のうなり声が聞こえた。
凄《すさ》まじいほどのうなり声だった。
きっと稲光《いなびかり》も凄《すご》いのだろうと想像できた。
泣き始めた空は大泣きに変わった。
僕《ぼく》は家の中に引っ込もうと思ったが、行動が伴《ともな》わなかった。

なんとなくその場に座りたくなったのだ。
人間は時々、思いもよらぬ行動をすることがある。
自分でも意味不明の行動だ。
脳が考えて動くのではなく、脳を無視して身体《からだ》が動くのだろう。
そんな瞬間は結構好きだ。
ゴロゴロ、ババーン！
吠え続ける雷様、雨の音も大きかった。
僕は地球に座り込んでその雰囲気を楽しんだ。
自然の交響曲だった。
生きているんだな。
当たり前の何でもないことを、ただ感じた。
麦わら帽子を取って顔を空に向けた。
口を開《あ》けた。
子供の頃にやった記憶がある。
どうしてやったのかは憶《おぼ》えていない。

でも確かにやったことがある。
そしてその時もうれしかったのだろう。
だから記憶の中に残っているのだ。
目が見えていたら稲光が怖くて、とっとと家の中に引っ込んだはずだ。
そんなことも考えて、それもまたうれしかった。

ええ勘してるんですけど

近所の道を歩いていたら、突然人にぶつかった。
ぶつかるまで何の気配も感じていなかった。
僕《ぼく》はすぐに謝った。
「すまんすまん、鼻かんでたんや」
同時に、おじいさんも振り返って笑った。
僕と同じ進行方向で、立ち止まって鼻をかんでおられたのだろう。
僕は怒られずにすむと、ほっとした。
「あんた、時々見かける人や。
いつも上手《じょうず》に歩いてはるから、ちょっとは見えてはんのやろ?」
僕は全然見えていないことを伝えた。
「じゃあな、なんで団地の出口の階段がわかるんや?」
あきらかに、疑《うたが》いの声だった。

僕はどう説明しようかと迷ったが、咄嗟《とっさ》に横の壁を白杖《はくじょう》で触《さわ》りながら数歩動いた。
「こうやって歩けば、入り口で杖《つえ》が中に入るからわかるんですよ」
「へぇーっ、うまいことやるなぁ」
おじいさんは感心しながら、すぐに納得してくださった。
それから、「飯食《めしく》うのは不便ないか？」と尋《たず》ねられた。
僕は食事の様子を説明した。
それから、買い物はどうするのか、電話はかけられるのか、と質問が続いた。
僕は、バスの時間が気になっていたが、きちんと答えた。
そして、ちょっと間《ま》が空《あ》いた瞬間を狙《ねら》って、
「これからどこに行かれるのですか？」と逆に質問した。
しばらく沈黙が流れて、「鼻かんだら、忘れてしもうた」とおじいさんが笑った。
僕も、笑った。
「おじいさん、時間はあるようだから、ゆっくり考えはったらいいですね。
僕、これからバスに乗るので、先に行きます」
僕は頭を下げて、歩き出した。

一〇メートルくらい歩いたところで、おじいさんの鼻声がひどかったなと思った。

そして、リュックサックにあるポケットティッシュを思い出した。

僕は戻って、おじいさんにポケットティッシュをひとつ渡した。

「助かるわぁ。ありがとさん。もうほとんどあらへんねん。

でも、なんでティッシュがないってわかったんや？」

僕は今度は立ち止まらずに、歩きながら振り返って答えた。

「勘《かん》ですよ。勘！」

おじいさんが笑いながら答えた。

「ええ勘しとるわ！」

「ありがとうございます」

僕も笑った。

そうです。僕の勘って、たいしたものなんです。

でもね、ええ勘しててもぶつかることはあるんですよ。

だから、ぶつかっても怒らないでくださいね。

父と娘

舞鶴《まいづる》へ向かう電車の中で、中年の男性が声をかけてくださった。
「ひょっとして、松永《まつなが》さんですか？」
福祉専門学校で僕《ぼく》の授業を受けた娘《むすめ》さんのお父さんだった。
娘さんが卒業して、もう七、八年の時が流れていた。
当時、娘さんに勧《すす》められて、お父さんは僕のエッセイを読んでくださったらしい。
その後、僕が新聞に連載したコラムにも気づいて、
読んでくださったとのことだった。
そのコラムを切り抜いて、他府県で就職した娘さんに
郵便で送ってあげておられたそうだ。
だから、当時の新聞などで、僕の顔を記憶しておられたのだ。
電車の中で僕を見かけ、ひょっとしたらと思われたらしい。
念のために携帯で僕のホームページを確認したら、

今日のスケジュールに舞鶴という文字を見つけて、僕だと確信されたとのことだった。

出会った学生が、理解や共感を家族に伝えてくれていたことを実感した。

こうして、こんな場所でこんな形でそれに気づき、彼女に、心から感謝する気持ちが湧《わ》き上がった。

そして、学生時代の彼女の誠実そうな印象を懐《なつ》かしく思い出した。

お父さんは、その娘さんがつい先月結婚したと話された。

うれしそうに話された。

その言葉のひとつひとつに、大切に育てた娘さんへの愛情がにじみ出ていた。

一緒に写真をとの申し出を、僕は快《こころよ》く引き受けた。

二人の笑顔のおっさんがカメラに向かった。

お父さんは、この偶然の出会いの写真を娘さんに届けるのだろう。

うれしそうに笑いながら、届けるのだろう。

素敵な娘さんに乾杯！

素敵なお父さんに、乾杯！

恐怖心

久しぶりの道を歩いた。
数年前までよく歩いていた道だ。
難関の六車線の長い横断歩道も、無事渡った。
そこでほっとしてしまったのかもしれない。
直角に曲がるつもりが、斜《なな》めに歩いてしまったらしい。
それにさえ気づいていなかった。
いつの間にか、車道に飛び出して歩いてしまっていた。
「そこ車道だよ！」
信号で停車中の車の運転手さんが大声で教えてくださった。
遠くからだったけど、男性の太い声が僕《ぼく》に向けられているのがわかった。
僕は慎重《しんちょう》にゆっくりと、歩道側と思われる方向に動いた。
身体《からだ》中《じゅう》に広がる恐怖心をなだめるようにしながら動いた。

どこからか、また別の女性が近寄ってきて支えてくださった。
そして横断歩道の点字《てんじ》ブロックまで誘導《ゆうどう》してくださった。
見るに見かねてのことだったのかもしれない。
お礼を言うのがやっとだった。
なんとかそこからバス停までたどり着いて、バスに乗車した。
座席に身体《からだ》を預《あず》けたら、また恐怖心が蘇《よみがえ》った。
泣きそうになった。
僕は目が見えないんだ。
見えない状態で歩いているんだ。
恐怖心が現実を直視させた。
事故に遭《あ》いたくない。強く思った。
今度、目が見える人とあの場所まで行って練習をしよう。
頑張ればきっとクリアできる。
頑張ればきっとクリアできる。
何度も呪文《じゅもん》のように言い聞かせていたら、ちょっと楽になった。

イルミネーション

見えなくなる数年前くらいから、
イルミネーションが社会に登場したのだったと思う。
阪神淡路大震災《はんしんあわじだいしんさい》の後に神戸《こうべ》ルミナリエが話題となったが、出かけなかった。
もうそれを見る力は、僕《ぼく》の目にはほとんど残っていなかったのだと思う。
出かける気力も失《う》せていたのかもしれない。
失明《しつめい》の恐怖が現実味を帯《お》びてきた時期だったような気もする。
結局その数年後、僕は完全に光を失《うしな》った。
長い時間が流れた。
いつの頃からか、見たことのないイルミネーションをうれしく思うようになった。
イルミネーションと聞くと、心が少し弾《はず》むようになった。
僕の中の冬景色のひとつとなっていったのかもしれない。
イルミネーションに近いかもしれない光、ひとつだけ思い出すものがある。

クリスマスツリーの赤色と白色と緑色の豆電球が点滅していた光だ。
大学時代に小さなツリーセットを買い求めて楽しんだ。
三畳一間《さんじょうひとま》の古いアパートの汚《よご》れた部屋が、その光でそっと優しくなった。
部屋の裸電球を消して、飽《あ》きずに見ていた。
たった十数個の光だったと思う。
光が人を幸せな気持ちにすると知ったのは、その時だったのかもしれない。
イルミネーションは、数えきれないほどの電球がいろいろな光を放つと聞いた。
光が降り注《そそ》ぐとも聞いた。
想像しようとしても脳がついていかない。
結局僕の脳は、あのクリスマスツリーの赤色と白色と緑色の光を思い出す。
そしてその光を愛《いと》おしく思う。
イルミネーション、いつか見てみたいもののひとつだ。
今年もイルミネーションの便《たよ》りが届き始めた。
冬が始まった。

3章　一〇センチ先

誰かの優しさ

手

駅の階段を降り始めた時、電車がホームに入ってくる音が聞こえた。見える頃は階段を駆け降りたが、見えなくなった今はそれはできない。半分あきらめながら、それでも少し急ぎ足で降りていった。

僕《ぼく》がホームに着くのを待っていたかのように、駅員さんが声をかけてくださった。そして無事にその電車に乗せてくださった。

電車はギュウギュウ詰め状態だった。

最後に押されるようにして乗車したので、自分の居場所がわからなくなっていた。たった二メートルほどの幅の入り口、自分がそこの左側に立っているのか、右側なのか、それさえもわからなかった。

わかれば、ドアに触《ふ》れた手を動かして手すりを探せるのだ。どうしようと迷っていると、後ろから伸びてきた手が、そっと僕の右手を摑《つか》んだ。そして僕の手を、右側の手すりに誘導《ゆうどう》した。

僕が手すりを持つと、その手は今度は僕の手を一瞬やさしく包んだ。
「これで大丈夫だよ」
手がささやいているようだった。
僕は、ありがとうございますとつぶやいた。
どこの誰か、男性か女性か、年齢はいくつぐらいか、まったく何もわからない。
わかったのは、優しい人間の手ということだけだ。
僕は手すりを握って、安心して電車に揺られた。
幸せの中の数分間だった。
それから目的地の小学校に向かった。
一〇歳の子供達への講演だった。
「社会ってね、やさしい人がいっぱいいるんだよ。人間って、助け合えるんだよ」
僕は子供達に、今朝《けさ》出会った手の話をした。
その話を聞いている時の子供達の顔がうれしそうだったと、
担任の先生が教えてくださった。
僕は教えてくださった先生に感謝を伝えて帰路に着いた。

「松永《まつなが》さーん！」

学校を出る時、背中側から子供達の大きな声が聞こえた。

校舎の三階から子供達が手を振っていた。

僕も振り返って手を振った。

大きく手を振った。

失明《しつめい》する直前、僕は自分の手を見つめたことがあった。

眼の前の手を見つめて、それが見えなくなる恐怖におののいた。

あれから一六年、本当に手は見えなくなった。

でも、手を振ることは今もできる。

そして人間の手は誰かを包めることも知った。

ランドセル

信号のある横断歩道の前で僕《ぼく》は立っていた。
青信号を確認するために、車のエンジン音に耳を澄ませていた。
隣に小さな足音が近づいてきたのにも、直前まで気づかなかった。
「おじちゃん、一緒に渡りましょう」
小学校低学年くらいかと思われる男の子は、か細い声でそう言うと、
僕の手首をちっちゃな手でギュッと握った。
意を決しての行動なのだろう。
男の子の心臓の鼓動《こどう》が伝わってくるようだった。
いつもなら肘《ひじ》を持たせてくださいと頼むのだけれど、
僕はそのままの状態でゆっくりと笑顔で話しかけた。
「うれしいなぁ。これでおじちゃんも安心して横断歩道を渡れるなぁ。
青になったら教えてね」

僕の手首を握っていた力がほんの少し緩《ゆる》んだような気がした。

「青になりました」

さきほどよりもちょっと元気の出た声が、僕に伝えた。

そして男の子は僕の手首を引っ張りながら歩き始めた。

横断歩道を渡り切ったところで、僕は尋《たず》ねてみた。

「ありがとう。助かったよ。こんなお手伝いをどこで勉強したの？」

「ママがね、白い棒を持った人はおメメが見えないから
助けなさいって言ったから、僕は助けました」

男の子は早口だったけれどはっきりと答えた。

「君もおりこうさんだけど、ママも偉《えら》いママだね。

おじちゃんがママにもありがとうって言っていたって伝えてね」

男の子は今度は「うんっ」とだけ元気よく言うと、僕とは別の方向へ走り始めた。

ランドセルが、カタカタと音をたてながら走っていった。

「走ったら危ないよ」

僕の声で音は止まった。

僕は手を振った。
もう一度、笑顔を意識しながら手を振った。
「さようならっ」
男の子の大きな声が聞こえた。
僕はもっと大きく手を振った。
ランドセルの音はまた走り始めた。
もう僕は止めることをあきらめた。
あのままお家に駆け込むのだろう。
大昔、そんな日が僕にもあったような気がした。

桜

高齢者施設で働く教え子から連絡があった。
入所しているおばあちゃんとのことを、教えてくれたのだ。
高齢になって目が不自由になってこられたおばあちゃんとの会話に、
僕《ぼく》の本が登場したらしい。
「見えない」ということは恐怖でしかなかったが、
本を読んでそれが少しやわらいだそうだ。
素直にうれしいと感じた。
僕の本が誰かの力になってくれたとすれば、そんな光栄なことはない。
僕が失明《しつめい》したのは四〇歳くらいの時だった。
それまでの仕事を続けられなくなって、
社会での居場所を失《うしな》ったような気になった。
挫折感《ざせつかん》もあったし、孤独感《こどくかん》にも襲《おそ》われた。

ただ体力はあった。まだまだ気力もあったのかもしれない。
高齢になって、目だけではなく、身体《からだ》のあちこちも不自由になる人がおられる。
その辛《つら》さや口惜《くちお》しさは、僕には想像できない。
でも人は生きていく、きっと生きていく。
長い暗いトンネルの中で、ただ押し黙って呼吸する。
頬を伝う涙が、自《みずか》らの吐息《といき》が、雪解けのように少しずつ何かを溶《と》かしていく。
僕は突き動かされるように、
一気におばあちゃんへのメッセージを書いて、教え子に託した。
「見えなくなって二〇年という時間が流れました。
今でも見たいという気持ちと決別することはできません。
でも、見えていた頃の僕も今の僕も、
やっぱり僕は僕なんだと自信を持って言えます。
たくさんの先輩や仲間達との関わりの中で、
障害へのイメージは変わりました。
人間の価値と障害は無関係です。

そして、どんな状況でも、キラキラと生きていけることを学びました。
貴女《あなた》と教え子との出会い、そして僕の本との出会い、
人間同士のつながりって素敵ですね。
貴女の生活が少しでも笑顔の中にあるように、心から願っています。
そして、いつか出会える日がありますように。
もうすぐ、今年の桜が咲きますよ。それぞれに春を楽しみましょう。
感謝を込めて」
書き終わってラジオをつけたら、東京の桜が咲いたとニュースが流れた。
昔歩いた千鳥ヶ淵《ちどりがふち》の桜を見たいと思った。

ごんぎつね

信子《のぶこ》先生と出会ったのは、二〇〇五年だったと思う。

僕《ぼく》の『風になってください』は二〇〇四年の暮れに刊行された。

翌年に出会ったということになる。

当時、鹿児島県薩摩川内市《かごしまけんさつませんだいし》の保育園の園長をしておられた先生は、たまたま僕の本を読んでくださった。

ちなみに、薩摩川内市は、僕が高校時代を過ごした場所だ。

先生は、読み終わってすぐに数十冊を購入して、保育士の先生方にプレゼントされたらしい。

うれしかった。

そして、地域や保護者の研修会に、僕をお招《まね》きくださった。

それからのお付き合いだ。

保育園を退職されてから、先生との交流は深まった。

僕と会う時間のゆとりが先生にできたということと、
僕が先生の朗読《ろうどく》に魅《ひ》かれたのが大きな理由だったと思う。
先生は読み聞かせの活動ということで、地域の子供達に朗読を続けておられた。
僕が故郷に帰省した時に、先生のご自宅を訪ねて
朗読を拝聴するのが恒例行事となった。
田園の中にある静かな家で、コーヒーを頂きながらの贅沢《ぜいたく》な時間だ。
毎年違う絵本を準備してくださった。
今年は新見南吉《にいみなんきち》の「ごんぎつね」だった。
これまでこの作品は、小学校の頃から幾度となく読む機会があった。
若い頃に演劇も見たことがあるし、朗読も聞いたことがあったと思う。
先生は僕のために読んでくださった。
強弱をつけながら、音量も変えながら、読んでくださった。
でもそれは意図的ではなく自然に変化しているものだった。
僕はどんどん違う世界に入っていった。
魂《たましい》がゆっくりと穏《おだ》やかになっていくのがわかった。

そして膨《ふく》らんでいくのを感じた。
真っ赤な彼岸花《ひがんばな》のシーン、ずっとあったはずなのに、これまで記憶になかった。
「もう八〇歳を超えたから上手《じょうず》には読めないけど」
先生は読み終わった後にそうおっしゃったが、そこには年齢は無縁だった。
柔《やわ》らかな空気、豊潤《ほうじゅん》な時間だった。
僕はきっと、彼岸花の季節になると「ごんぎつね」を思い出すことになると思う。
そして先生との出会いを見つめることになるのだろう。
僕の目は、景色どころか光さえ感じなくなってしまった。
それはきっと命が尽きるまで続くのだろう。
でも、確かに僕の幸せはあるのだ。
ささやかかもしれないが、間違いなく存在するのだ。
そしてそれは人間同士の交わりの中にある。
有難《ありがた》いことだと、しみじみと思う。

意地悪ばあさん

竹田《たけだ》駅のバスターミナルでバスを待っていた。
突然、横から声がした。
「間違ってたらごめんやけど、あんた洛西《らくさい》に住んでた人やなぁ」
彼女は、懐《なつ》かしい友達に再会したような感じで話をされた。
僕が二年前まで住んでいた、京都市西京区洛西《きょうとしにしぎょうくらくさい》ニュータウンの人だった。
年齢はおいくつくらいだろうか、僕よりはだいぶ年上かもしれない。
見かけなくなったから心配していたとおっしゃった。
僕は二年前に滋賀県《しがけん》に引っ越したことを説明した。
それでも京都市内での仕事などは続けているから、
今日も竹田まで来たことを話した。
「あんたは凄《すご》いなぁ。
目が見えへんのにそうやって一人で出かけるんやからなぁ。

こんなところまで一人で来るんやから凄いわ。私と同じや」

僕は笑いながら相槌《あいづち》を打った。

「洛西でもようあんたを見かけたで」

彼女はどこで見かけたかを、いくつも話してくださった。

「ケガせんようにといつも思ってた。元気で会えてほんまにうれしいわ」

彼女は思うがままに話をされた。

洛西で会った時もそうだったのを思い出した。

ストレートな言葉には遠慮もなかった。

飾らない言葉が並んだ。

ひとつひとつがぬくもりのある言葉だと感じた。

「私だけちゃうで。みんなあんたを見てはったと思うで」

僕は長年暮らした洛西を久しぶりに思い出した。

若い頃から暮らしてた。

暮らし始めた頃は、ちゃんと見えてた。

最後に見た景色もきっとそこなのだろう。

たくさんの人に見守られながら生きてきたのだ。

四〇年くらい暮らしたのだから、第二の故郷だったのは間違いない。

「この世じゃもう最後かもしれん。元気でな。ケガしたらあかんで」

彼女はそう言って去っていかれた。

僕はふと、昔テレビドラマで見た意地悪ばあさんを思い出した。

言動には厳しさがあったが、やさしい心の持ち主《ぬし》として記憶している。

「あの世でもまた会いましょうよ」

僕はまた笑いながら、彼女の背中に返した。

あの世では見えるかもしれない。

その時は彼女の顔を見てみたいと思った。

一〇センチ先

もう二〇年くらい非常勤講師として関わっている高校から、次年度の希望調査が届いた。

この高校は単位制の学校で、総合学習で点字《てんじ》という科目を実施している。僕《ぼく》はその科目を担当しているのだ。年に数日間だけ通っている。

その学校から、次年度も講師を継続する意思があるかどうかのお尋《たず》ねが届いたのだ。

自由業の僕は、こういうことの積み重ねで生活してきた。収入につながることも、もちろん大切なことではあるが、何より、次世代の若者達にメッセージを届けることができる。また声をかけて頂けたというのは有難《ありがた》いことだ。

だが、ひとつだけ変化が起こった。

学校が違う場所に引っ越ししたのだ。

同じ京都《きょうと》市内だが数十キロ離れた場所で、最寄《もよ》り駅などもすべて違う。
滋賀県《しがけん》の自宅からバスに乗り、JR、地下鉄東西線、烏丸線《からすません》、
そしてバス、と乗り換えがある。
経路をすべて記憶しなければいけない。
ホームをどちらに動き、点字ブロックをどこでどちらに曲がるかなどの、
すべてを記憶するのだ。
曲がる場所が一つ違っても、左右を一度勘違《かんちが》いしても、たどり着けない。
そして、そこにはいつも危険が横たわっている。
恐怖心に打ち勝つためには、身体《からだ》に憶《おぼ》え込まさなければいけない。
今日で三日目の訓練、だいぶ自信ができてきた。
もう一息だと思う。
たった一〇センチに必死になる。
白杖《はくじょう》を握りしめ、耳を澄ませて進む。
足裏の触覚《しょっかく》も自然に頑張る。
ひょっとしたら不細工な姿かもしれない。

でも、僕は不細工な僕が好きだ。
一〇センチ先の未来に、真剣に向かう自分が好きなのだと思う。

やせ我慢

電車がホームに入ってきた。
ドアが開《あ》いた。
白杖《はくじょう》で乗降口を確認して身体《からだ》を押し入れた。
予想はしていたが、やはりとても混んでいた。
僕《ぼく》は入り口の手すりを握りしめた。
身動きもできない状況だった。
昨日は四天王寺大学《してんのうじだいがく》での講演だったので、羽曳野市《はびきのし》まで出かけた。
移動だけで往復五時間かかった。
そして今日はまた、早朝から枚方市《ひらかたし》へ向かっていた。
高校での授業が待っていた。
しかも午前中連続の授業だった。
我ながら体力はあるなと思いながら立っていた。

やせ我慢かなとも思いながら立っていた。
次の駅で、僕のいる側のドアが開いた。
僕は押されないように、また必死に手すりを握りしめた。
「松永《まつなが》さん、端《はし》が空いたのでどうぞ」
男性の声がした。
名前を呼ばれたということは、僕を知っておられるということだった。
僕は感謝を伝え、ポケットからありがとうカードを取り出してそっと渡した。
「うれしいなぁ。これが噂《うわさ》のカードですね」
男性は本当にうれしそうにおっしゃった。
僕は気恥《きは》ずかしさもあったが素直にうれしかった。
僕からの感謝の言葉のカードで喜んでくださる人がいる。
光栄なことだと思った。
そして、また元気が出てきたのを感じていた。
思いを込めて伝えていく。
昨日の大学生、今日の高校生、若者達が僕の年齢になる頃には、僕はもうこの世にはいないだろう。
でも、未来に向かって蒔《ま》いた種はきっと芽を出してくれる。
そう信じているから、こうして頑張れるのだ。
いい年をしてと笑われるかもしれないが、それでも構わない。
まだまだ頑張る、もっともっと頑張る。
そう自分に言い聞かせたら笑顔になった。
やっぱりやせ我慢なんかじゃないよ。

畑

庭の片隅に、広さ三畳くらいの小さな畑を作っている。
畑の周囲はブロックで囲んである。
どの方向から歩いても、作業靴がブロックにぶつかるのでわかりやすい。
ちなみに自宅では、室内はもちろんだが、庭でも畑でも白杖《はくじょう》は使っていない。
室内では壁や手すりなどを触《さわ》りながら動いているし、
テーブルや椅子などにぶつかって位置を確認している。
マットや絨毯《じゅうたん》を踏んだ感覚も情報のひとつだ。
庭では家の壁、玄関の柱、木の枝、ロッカー、植木鉢、エアコンの室外機、
いろいろな物を触ったり、ぶつかったりしながら歩いている。
手をメインにして身体中《からだじゅう》がセンサーになっているのだと思う。
その手は、わかりやすいように、わざと軍手はしていない。
木の枝とかが直接顔に当たるのは嫌《いや》なので、麦わら帽子《ぼうし》だけはかぶっている。

畝《うね》は二メートル程度の短さだが三本ある。
苗を植え付けたり肥料を与えたりの管理は、畝と畝の間を通路にしてやっている。
間違って畑に入らないように、通路にはロープを張っている。
このロープを手で触って確認してから通路に入るのだ。
今年も夏野菜の苗を植えた。
ミニトマト、キュウリ、ゴーヤなどだ。
ピーマンは初挑戦だ。
オクラは昨年失敗したので、今年はあきらめた。
相性《あいしょう》が合ってしまったのか、虫のエサになってしまったのだ。
強い薬などは使わないようにしているので、どうしようもなかった。
植え付けて三週間が過ぎた。
恵みの雨も時々降ってくれているし、気温も上昇してきている。
毎日のように見ている。
僕《ぼく》が見るというのは、触るということだ。
そんなに急に成長するはずはないのだが、ちょっと大きくなったような気になる。

そして喜んでいる。
小さな幸せがそこにある。
小さいけれど本物の幸せだ。
本物の幸せは、だいたいが小さいサイズなのだ、と感じるようになってきた。
そして、あちこちでかくれんぼしている。
見つけた時を幸せって言うのかもしれない。
たくさん見つけたいとは思わなくなった。
でも、ちゃんと見つけたいと思う。

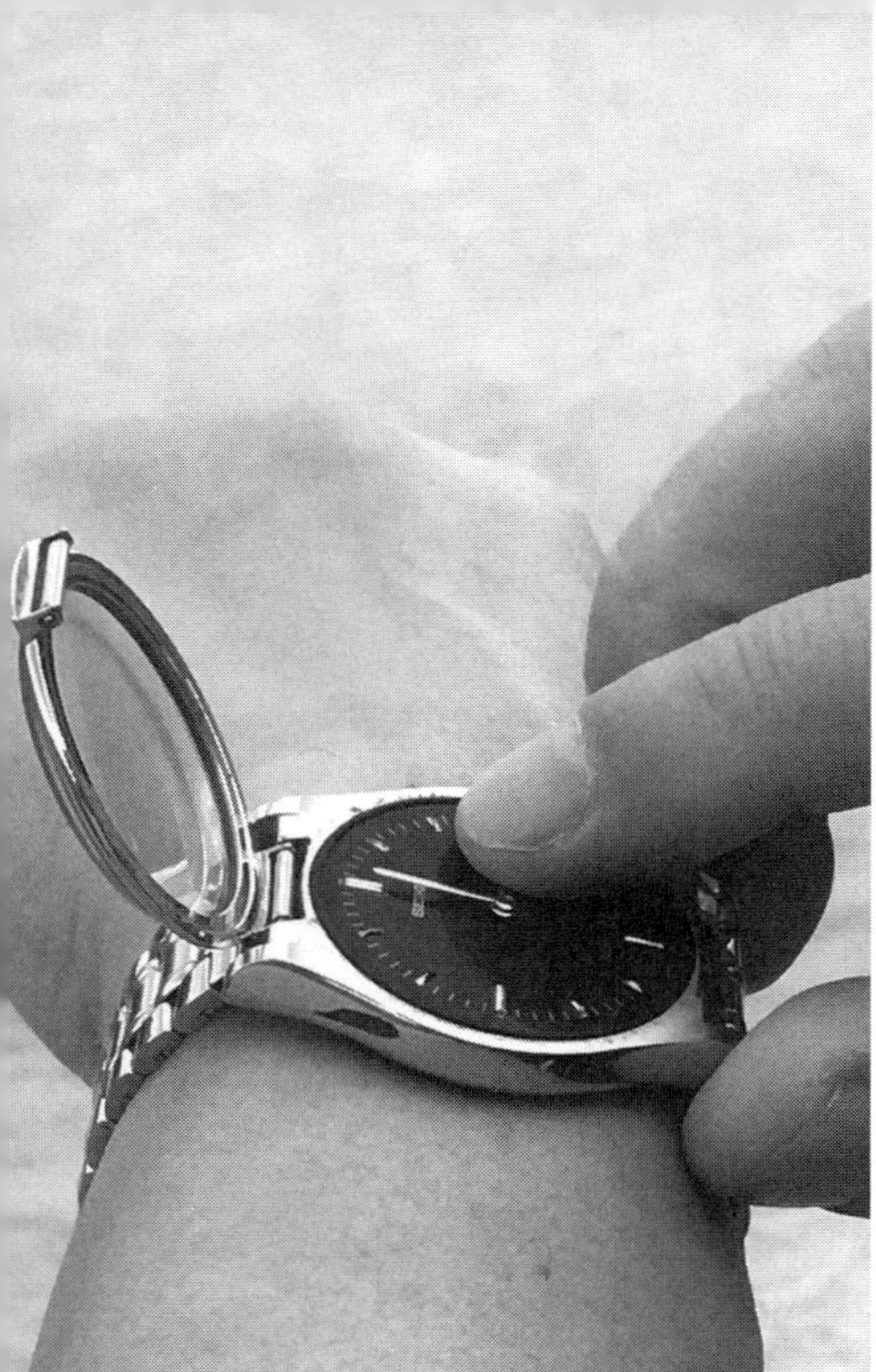

4章　白杖でつんつん

いろんな生き方

お弁当

仕事柄、いろいろな場所でお弁当を食べる機会は多い。
街角のお弁当屋さんとか、コンビニとかのお弁当だ。
リーズナブルだし、さっと食べられるので、重宝《ちょうほう》している。
たまに贅沢《ぜいたく》な幕の内弁当などを先方に準備して頂いて、うれしくなることもある。
ちなみに、東京《とうきょう》出張の帰りには、
東京駅の駅弁屋さんで、浅草今半《あさくさいまはん》のすき焼き弁当を買うことにしている。
少々お高めだが自分へのご褒美《ほうび》だ。
新幹線が新横浜《しんよこはま》を過ぎたくらいから、お弁当を開《あ》けて食べる準備をする。
蓋《ふた》を開けると微《かす》かに香りがしてくる。
幸せのひとときだ。
見える人と一緒に食べる時、よく面白いなと感じることがある。
僕《ぼく》にお弁当を渡す時、ついでに割《わ》り箸《ばし》を割ってくださるのだ。

実は、見えなくても割り箸は割ることができる。
そんなに難しいことではない。
お弁当を開けた時、危ないからと緑のバランを取ってくださる人もおられる。
見えないと、間違ってお箸でバランを摑《つか》んでしまうことはある。
口まで持っていくこともある。
唇などの触覚《しょっかく》ですぐに気づく。
その時点で取れば問題はない。
僕もそうだが、僕の仲間にも、
バランを食べてしまったという話は聞いたことがない。
割り箸もバランもどちらも善意なので、僕は拒否はしないことにしている。
お弁当の中身を説明してくださる人もいる。
これは喜ぶ視覚障害者が多いかもしれない。
僕はあまり希望しない。
早く食べたいという気持ちが勝《まさ》ってしまうのだと思う。
結果、口に入れるまで、どんなおかずなのかわかっていない。

たまに食後の甘いお菓子を途中で食べてしまって、
悔《くや》しい気持ちになることもある。
食べ終わる頃に小袋のソースに気づいて、がっかりすることもある。
そんなことも含めて食べる楽しみなのだろう。
もうすぐ菜の花のお浸《ひた》しやフキの煮物にも出会うかな。
たけのこご飯やエンドウ豆ご飯も楽しみだな。
見えなくても、思いっきり食いしん坊なのだと思う。

ソーメン

僕《ぼく》よりちょっと年上の彼女は、生まれた時から目が見えなかった。
九州《きゅうしゅう》の小さな田舎町でお母さんと暮らしていた。
お母さんは大切に育ててくれたとのことで、
出かける時はいつも手をつないでくれたらしい。
買い物にも食事にも連れていってくれたし、
演歌歌手のコンサートにも行ったことがあると、うれしそうに話してくれた。
ただ、事情はわからないが学校は行かなかった。
時代が出した答えだったのかもしれない。
一度でいいから学校というところに行ってみたかったな、と彼女が笑ったことを、
学校に行くのは当たり前だと思っていた僕は、
不思議な感覚で聞いていた記憶がある。
そのお母さんが他界され、彼女は京都《きょうと》の視覚障害者施設に入所した。

僕ともそこで出会って、一〇年以上の時間が流れた。
彼女はその間に、歩行訓練士に白杖《はくじょう》の使い方を教えてもらった。
施設の近くのコンビニまでは買い物に行けるようになった。
「一人で買い物に行く姿をお母さんに見せてあげたかった」
彼女の何気ない一言に、お母さんへの感謝の思いが込められていた。
僕は彼女と友達になった。
先日久しぶりに会ったら、地域の視覚障害者団体のバス旅行の話をしてくれた。
僕も行きたかったのだけれど、スケジュールが合わなかった。
「とっても楽しい旅行でしたよ。次は松永《まつなが》さんも一緒に行きましょうね。
お忙しいのは知っていますけど、ゆっくりするのも、人生、大切ですからね」
お土産のソーメンの袋を僕に手渡しながら、彼女は笑った。
彼女は施設で箱折《はこおり》などの作業をしている。
障害者の人がよく利用している就労継続B型事業所だ。
毎日頑張って働いている。
一か月の工賃は一万円くらいだということを僕は知っている。

豊かに生きていくってどういうことなのか、
人間の価値って何なのか、
学校に行ったことのない友達は、また僕に教えてくれた。

仲間

東京《とうきょう》で開催される同行援護《どうこうえんご》当事者《とうじしゃ》研修《けんしゅう》。
いろいろな仲間に出会う。
同行援護というのは、視覚障害者の支援をする制度だ。
南は沖縄《おきなわ》、北は北海道《ほっかいどう》、日本のあちこちから
同行援護を学ぶ視覚障害の仲間が集《つど》う。
それぞれの人生が集う。
僕《ぼく》は講師という立場なのだけれど、実際はいつも僕自身が学ぶ機会となっている。
今回出会った茨城県《いばらきけん》の男性は、四二歳で失明《しつめい》したとのことだった。
企業の第一線で活躍していた彼は、ヨーロッパでの赴任を終えて帰国した。
ベーチェット病という病魔に突然襲《おそ》われたのは、その直後だった。
そして入院し、三か月後に退院する時には、両方の眼から光を失《うしな》っていた。
彼は、それからの人生を多くは語ろうとはされなかった。

ここまで来られたことを良かったと表現された。
講座を受講された理由は、故郷の仲間や後輩達への思いだった。
少しでも力になりたいとおっしゃった。
淡々と話されるどの言葉にも悲壮感《ひそうかん》はなかった。
僕が完全に光を失ったのが、それくらいの年齢だったのかもしれない。
思いはどこかで重なった。
僕達の人生を垣間見た人の中には、僕達をお気の毒にと思う人もおられるだろう。
かわいそうにと感じる人もおられるだろう。
それはきっと、自分がその運命と向かい合ったらどうだったかと想像するからだ。
その思いの出発は、間違いなくやさしさなのだ。
だから僕は、そのこと自体を否定はできない。
ただ、実際に彼と話し終えて僕の心に生まれてくるものは、
同情でも哀《あわ》れみでもない。
人間が生きていく姿への感動なのだ。
キラキラと輝く人間の命の美しさなのだ。

そして、胸が震《ふる》えるようにさえ感じることもあるのだ。

「ヨーロッパの風景を記憶しておられますか?」

僕は、若い頃歩いたイタリアの街並みを思い出しながら尋《たず》ねてみた。

「うん、しっかりと憶《おぼ》えているよ」

彼は静かに微笑《ほほえ》みながらおっしゃった。

これから先、きっと故郷の茨城県でいい仕事をしていかれるのだろうと思った。

水たまりの青い空

土砂降りの雨が止んだ。
雲の隙間《すきま》から少しだけ青空が顔を覗《のぞ》かせた。
僕《ぼく》達は水たまりを避《さ》けながら歩いた。
ガイドの学生が突然つぶやいた。
「水たまりに青い空が映《うつ》っています」
瞬間、僕は地面を覗き込んだ。
見えなくなってからは初めての経験だった。
思い出そうとしたが、なかなか実際の映像には結びつかない。
でも、確かに、見えている頃に見たことがある。
蜃《しん》気楼《きろう》とか、虹とか、そういう種類のものだ。
光達の悪戯《いたずら》なのだろう。
そしてその悪戯は、いつも幸せを運んでくれたような気がする。

足元に空がある。
ちっちゃな水たまりに大きな青い空がある。
そう思ったら、幸福感が僕を包んだ。
見えても見えなくても関係ない。
光達、凄《すご》いなぁ。
とっくの昔に失《な》くしていた大切な写真を見つけ出したような気になった。

ラグビー

四時からラジオの前で動けなかった。
敗《やぶ》れはしたが、戦う気迫は伝わってきていた。
ノーサイドの笛の後、自然に拍手をしていた。
桜のジャージの選手達をなんとなく誇らしく感じた。
高校生の頃、ラグビー部に入れてもらった。
すでに少し視野が欠けていた僕《ぼく》は、選手にはなれなかった。
公式戦に出たことはない。
それでも練習にはいろいろな形で参加できた。
楕円形《だえんけい》のボールを必死で追いかけた。
同学年の部員とは今でもつながりがある。
学《まなぶ》も、精人《ただと》も、章二《しょうじ》も、利秀《としひで》も、皆かっこよかった。
そのひたむきさは素敵だった。

卒業式の後、一人で部室にさよならを言いに行ったことを憶《おぼ》えている。
最高だった時間にありがとうを言ったのかもしれない。
学は二〇歳台後半、一人でニュージーランドを自転車旅行した。
お土産はオールブラックスのジャージだった。
僕の人生の宝物のひとつになっている。
ラグビーに縁があったおかげで、ラジオ中継を画像で思い浮かべることができる。
スクラムもモールもラックもラインアウトも、一応わかる。
トライの瞬間もわかる。
キックされたボールがゴールポストを通過する数秒は美しい。
美しい映像の思い出を幸せだと思う。
そんな時間を過ごせたことを幸せだと思う。
そんなことを思っていたら、ラグビーボールを触《さわ》りたくなった。
あの皮の匂いを嗅ぎたくなった。
持って走りたくなった。

トラック

会議は予定通りに終了した。
もてなしてくださったお茶と和菓子を頂いてから、身支度《みじたく》をした。
会議中に聞こえた大きな雨音《あまおと》は消えていた。
玄関を出て数歩あるいて、小雨《こさめ》に気づいた。
タクシーを呼ぼうかとも思ったが、時間がかかるだろうと想像した。
施設の傘を借りて帰ることにした。
しばらく歩いていたら、また雨がきつくなった。雷の音もした。
周囲の音が聞き取りにくくなった。
路地から大通りへ出る手前で立ち止まった。
たまに車が行き来するが、横断歩道はない場所だ。
雨はどんどんきつくなっていた。
雨以外の音はほとんど聞こえなくなっていた。

僕《ぼく》は耳に全神経を集中した。
大丈夫だと判断して、ゆっくりと渡り始めた。
ガツン。
白杖《はくじょう》が車にぶつかった。車が停車していたのだ。
「すみません」
僕は引き返した。
再度エンジンの音を聞こうと頑張ったが、やっぱり雨に消された。
僕は立ちすくんだ。
時間だけが流れた。
たった数メートルを渡る勇気が消えていた。
しばらくして、少し大きなエンジン音が聞こえた。
トラックだと思った。
僕はまた数歩後ろに下がった。
エンジン音は僕の前で止まった。
「今、渡ってください！　止まっているから大丈夫です！」

豪雨《ごうう》に負けない大きな声だった。
運転手さんは、わざわざ窓を開《あ》けて教えてくださったのだ。
しかも僕を安全に渡らせるために、動かないよ、とおっしゃったのだった。
僕も負けない大きな声で叫んだ。
「ありがとうございます！　助かります！」
渡り終えると、僕は振り返って深くお辞儀《じぎ》をした。
運転手さんはクラクションを軽く鳴らされた。
やっぱり渡り終えるのを見ていてくださったのだ。
トラックが動き始めるエンジン音がした。
僕はまた歩き始めた。
熱いものが頬を伝うのがわかった。
雨に濡れていると思われるくらいだから、拭《ぬぐ》う必要もなかった。
誰も知らない、誰も気づかないやさしさが、街のあちこちに転《ころ》がっている。
そんな街で暮らせるのを幸せだと、心から感じた。

エスコートゾーン

大きな交差点で、道も直角に交わっているわけではなかった。
音響信号《おんきょうしんごう》も付いているのだが、音源だけで正確な方向は確認できなかった。
僕《ぼく》は週に一度くらいの頻度《ひんど》で、そこの横断歩道を渡らなければならなかった。
渡る前にいつも深呼吸して気合いを入れていた。
横断歩道の手前にある点字《てんじ》ブロックを、足の裏で確認して方向を決める。
それから白杖《はくじょう》を身体《からだ》の中心に持ってきて、同じ振り幅で同じリズムで歩く。
耳は、音響信号の音と左折右折で進入してくる車音を確認する。
歩行訓練の先生に教えてもらった通りにやるのだが、なかなか難しかった。
見えないでまっすぐというのは、やはり勘《かん》の世界なのだ。
ちゃんと渡れるのは七割くらいだった。
どちらかに曲がってしまうのだ。
雨の日に傘をさしたりしていたら、成功率は三割もなかった。

最近、その横断歩道が平気になった。
エスコートゾーンが敷設《ふせつ》されたのだ。
横断歩道のスタート地点から終了地点まで、
足の裏で感じられる凹凸《おうとつ》が付いたのだ。
その上を歩けば、まっすぐに向こう側に到着できる。
これを使うのは視覚障害者でも全盲《ぜんもう》の人だけなので、
点字ブロックのような色は付いていない。
触覚《しょっかく》だけでわかるようになっている。
今朝《けさ》もそのエスコートゾーンを利用して横断歩道を渡った。
何の問題もなく渡れた。
渡り終えて、喜びが身体《からだ》を突き抜けた。大袈裟《おおげさ》ではなくそんな感覚になった。
裏返《うらがえ》せば、いつも怯《おび》えていたということだろう。
エスコートゾーンを発明してくださった人、
ここに敷設すると認めてくださった人、
そして地域の人、本当にありがとうございます。

皆様に心から感謝です。
何十回も頭を下げて回りたいほど、感謝です。

白杖でつんつん

京都《きょうと》駅で二番線から三番線へ乗り換えようとしていた。
これは同じホームなので、単独で乗り換えができる。
一七時過ぎだったからまだラッシュもピークではなかったが、それなりに混んでいた。
さすが京都駅、という感じだ。
僕《ぼく》は白杖《はくじょう》を自分の身体《からだ》に寄せて、点字《てんじ》ブロックを確認しながらゆっくりと進んだ。
ホームを横切るということになるのだから、ゆっくりというのが一番重要だ。
ホームの反対側に着いた。
僕は点字ブロックの上で立ち止まった。
そして、出発前の電車が前に停車しているか、音の雰囲気をさぐっていた。
「おっちゃん、迷《まよ》てんのか?」
高校生くらいの女の子の声だった。

「うん、この前に電車がいたら乗りたいねん。湖西線《こせいせん》」
僕は前を指差しながら、彼女の雰囲気に合わせて答えた。
「電車おるで、こっちこっち」
彼女はそう言いながら、僕の左手首を持って歩き始めた。
いつもだったら肘《ひじ》を持たせてくださいとお願いするのだが、
短い距離だったので、これも彼女のやり方に合わせることにした。
きっと元々がやさしい子なのだろう。
手首を持つ力もそっとだったし、
歩くスピードも僕に合わせるようにゆっくりだった。
十数歩くらい進んで彼女は止まった。
「あのな、今、黄色のぶつぶつの上やねん。前に入り口があんねん。
その棒でつんつんしてみ」
僕は言われるがままに、白杖で前を確認した。
確かにそこに入り口の床があった。
それを見ていた彼女が言い直した。

「つんつんちごて、とんとんやなぁ」

僕は少し笑いながらお礼を言った。

「おおきに。これでもう大丈夫や。帰れるわ」

「ほなおっちゃん、気いつけてな。バイバイ」

僕は乗車して入り口の手すりを持って彼女の方向に頭を下げた。

飾らない関西弁をとても温かく感じた。

爽やかな喜びに包まれていた。

僕が誰か彼女は知らない。

彼女が誰か僕も知らない。

お互いにどこに住んでいるかもわからない。

もう二度と会うこともないかもしれない。

それでもこんなことができるのが人間の社会なのだ。

人間て本当に素敵な生き物だ。

僕は、右手で持った白杖で、床を軽くとんとんと二度たたいた。

つんつんでもいいか、と思って笑顔になった。

5章　雑　草

生きていく勇気

チューリップの球根

全盲《ぜんもう》の友人から届いた宅急便の箱を開《あ》けた。
箱の中には五つの袋があった。
それぞれの袋には、チューリップの球根が三つずつ入っていた。
大きな立派な球根だった。
そして、それぞれの袋に、色を書いた点字《てんじ》シールが貼ってあった。
赤、白、黄色、桃、白桃《しろもも》。
僕《ぼく》はプランターを三個準備した。
それぞれのプランターに土を入れた。
土の上に五つの色の球根を並べた。
それから球根の高さの倍くらいの穴を掘って丁寧に埋めた。
埋め終わって、ジョーロでたっぷりの水をかけた。
僕が光を失《うしな》ってもう二五年くらいになる。

彼女は二〇年くらいだそうだ。
そんなに長い時間、僕達は色を見ていない。
そして、もう見ることはないだろう。
彼女の故郷の新潟県《にいがたけん》五泉市《ごせんし》はチューリップが有名らしい。
草花を育てることが趣味のひとつになっている僕に、
プレゼントしてくれたのだ。
「私の好きな色で選んでしまいました」
彼女からのメッセージにはそう書かれてあった。
彼女が選んでくれた色を、僕はとても愛《いと》おしく感じた。
「春に待ってるからね」
僕は言葉をわざと口に出してチューリップに伝えた。
咲いたら彼女に真っ先に伝えてあげたいと思った。
一緒にその色を思い出す。
間違いなく、それは幸せの瞬間になる。

一流

バス停の点字《てんじ》ブロックの上で、寝ぼけまなこでバスを待っていた。
バスのエンジン音が近づいてきた。
運転手さんはバスを停車させながら、行先《ゆきさき》を外部スピーカーで教えてくださった。
外部スピーカーで伝えてくださることで、ただ確認できるというだけでなく、
ミラー越しに見てくださっているという安心感がある。
乗車しようとしたら、ノンステップであることも伝えてくださった。
そして乗車と同時に、僕《ぼく》が手すりをつかんで立った目の前のイスが
空いていることを教えてくださった。
僕は、運転手さんに届く大きさの声でありがとうございますを言いながら座った。
運転手さんはバス停に着くたびに、
乗車してくるお客さんに丁寧な案内を続けられた。
いくつめかの停留所で、車いすのお客さんが乗車された。

運転手さんは、すぐに運転席から出てきて車いすの固定をしようとされたが、留め具の形状が合わなかったようで、いつもよりは少し時間がかかった。

なんとか固定ができて、再度バスを出発させる際、運転手さんはまるで車いすのお客さんの代弁者のように、出発が少し遅れたことを詫びられた。

ただ、その言葉の選び方にも、車いすのお客さんへの配慮が感じられた。

和《なご》やかな空気の中で、バスは走り続けた。

ところが、後のバス停から乗ってきたお客さんの一人が、バスが定刻でないと運転手さんを責めた。

「お客様の安全な乗車のために少し遅れました。申し訳ございません」

運転手さんはただそれだけ言うと、先ほどまでと同じように運転を続けられた。

バス停に着くたびに、爽やかな声で案内をされていた。

終点にバスが到着した。

僕は予定の会議に遅れそうだったが、わざと一番最後に降りた。

運転手さんに、どうしても、ありがとうを伝えたかった。

一流の仕事をされている運転手さんをかっこいいと思った。

「運転も丁寧でしたが、いろいろな場面での接客も放送も素敵でした。感動しました。ありがとうございました」

降り際に、僕はただそれだけを伝えた。

運転手さんは微笑《ほほえ》みながら、「そんなことないです」とおっしゃった。

僕は再度感謝を伝えながらバスを降りて、駅へ向かって歩き出した。

そしてなんとなく、今日はきっといい一日になるなと思った。

視覚障害者ガイドヘルパーの日

一二月三日が「視覚障害者ガイドヘルパーの日」という記念日になった。
ガイドヘルパーというのは、
視覚障害者と一緒に外出して目の代わりをしてくださっている人達だ。
同行援護《どうこうえんご》という制度の下《もと》、全国で活動してくださっている。
ガイドヘルパーによって僕《ぼく》達の仲間の生活が支えられている、
と言っても過言《かごん》ではない。
ただ、その数は全国的に不足しているし、仕事としての知名度も高くはない。
同行援護という制度を発展させるためにも、
もっと社会に知ってもらわなければいけない。
そういう願いが、記念日の制定につながった。
二〇二三年一二月三日、記念日認定証の授与式が、
東京《とうきょう》の日本視覚障害者センターで挙行《きょこう》された。

全国の関係団体をオンラインでつないでの開催だった。
厚生労働省からも、お祝いに来てくださった。
日本記念日協会の使者から授与される認定証を受け取るのが、僕の仕事だった。
これまで活動してくださった全国のガイドヘルパーさんに感謝しながら、
新しい次の一歩を噛《か》みしめながら、しっかりと受け取った。
認定証と白杖《はくじょう》が僕の右手にあった。
僕は満面の笑みを浮かべながら記念写真の撮影に臨《のぞ》んだ。
時代がひとつ進む瞬間に立ち会えたことを、光栄だと感じた。
そして、カメラの向こう側にある未来をしっかりと見つめた。

土砂降りの雨の日

土砂降《どしゃぶ》りの雨だったが、出かけなければならなかった。
変更が厳しい約束だった。
僕《ぼく》は意を決して出発した。
案の定、雨音《あまおと》で外界の音は確認が難しかった。
白杖《はくじょう》で前方の路面を確かめながら、ゆっくりと歩いた。
路面があるのを確認できれば、そこに足を運べばいいのだ。
それを交互に繰り返せば前に進んでいることになる。
しばらく歩いて、足の裏で点字《てんじ》ブロックの凹凸《おうとつ》を感じた。
交差点までたどり着いたのだ。
頭の中の地図に従って進んでいることが確認できた。
信号のある交差点を渡るのが最大の難関だ。
雨音で車のエンジン音はまったく確認できなかった。

ドライバーの視界が遮られる状況なのも想像できた。

僕はスマホを取り出して、ボリュームを大きくした。

それから「Be my eyes」（ビーマイアイズ）のアプリを開《ひら》いた。

「Be my eyes」というのは、
僕達を助けてあげようと思ってくださっている一般市民の人達と、困っている僕達を繋《つな》いでくれるアプリだ。しかも無料だ。

すぐに女性の声に繋がった。

「僕は日常、車が停止した時、発車した時のエンジン音で信号を確認しています。今日は土砂降りで車のエンジン音が聞こえないので、信号の青がわかりません。信号が青になったら教えてください」

「わかりました。スマホのカメラを少し左に動かしてください」

僕は彼女の指示に従ってゆっくりとスマホを動かした。

僕のスマホのカメラは、僕の前にある風景を映《うつ》し出している。

まさに、僕が見えたら僕の目に映っている映像が、彼女に届いているのだ。

「信号がありました。今、青です」

スマホから彼女の声が聞こえてきた。

僕は再度お願いをした。

「途中で赤になったら怖いので、青になったタイミングで渡り始めたいです。少し時間がかかりますが、次に青になった時点で教えて頂けますか？」

「わかりました。

今、点滅になりました。今、赤に変わりました」

「時間がかかってしまってすみません」

僕はそう言って、点字ブロックの上で待機していた。

「大丈夫ですよ。凄《すご》い雨ですね。音も聞こえています。

あっ、今、青になりました」

彼女からのゴーサインが聞こえた。

「助かりました。ありがとうございました」

僕は神経を集中した。

それから白杖《はくじょう》を左右に振りながらゆっくりと歩き始めた。

無事、反対側にたどり着いた。

安堵感《あんどかん》に包まれた。
それからアプリを閉じてスマホを片付けた。
どこの誰だったかもわからない彼女に、今度は心の中でつぶやいた。
「目を貸してくださってありがとうございました。本当に助かりました」
それからしばらく歩いて、やっとバス停にたどり着いた。
バスに乗車したら、運転手さんが空席に誘導《ゆうどう》してくださった。
僕は座席に座るとリュックサックからスマホとイヤホンを取り出した。
桑田佳祐《くわたけいすけ》の歌声が、雨でちょっと濡れていた僕を包んでくれた。
安堵感が幸福感に変化していくのを感じた。
今日も僕は生きているんだと思った。

一期一会

福祉の専門学校でオープンキャンパスの仕事があったので、出かけた。
ＪＲ山科《やましな》駅で地下鉄に乗り換えるために動いた。
ホームにたどり着き、ぼぉっと地下鉄を待っていた。
「松永《まつなが》さん、久しぶり」
懐《なつ》かしい声だった。
失明《しつめい》して間もない頃に知り合ったボランティアさんだった。
彼女のご主人は耳鼻科のドクターで、
その後、京都市《きょうとし》の会議などで幾度もご一緒した。
まさにご夫婦でいろいろと応援してくださった。
体力的にも限界だからと、今年度で医院を閉められるらしい。
そのタイミングで再会できたことをうれしく感じた。
これまでのことに、再度感謝を伝えた。

彼女は僕《ぼく》が乗り換える駅のひとつ手前で降りていかれた。
僕は予定の烏丸御池《からすまおいけ》駅で電車を降りた。
ここの駅での乗り換えは、ハードルが高い。
駅自体が複雑な構造なのだ。
周囲の音に耳を凝らしながら、どう動けばいいか考えていた。
突然、外国人の二人の女性が話しかけてきた。
何か尋《たず》ねられると思った僕は、即座に手でサングラスを示しながら断った。
「I am blind !」
それでも彼女達は会話を続けてきた。
どうやらサポートを申し出てくださっているらしいとわかった。
そこからは片言の英語とジェスチャーで、僕達はコミュニケーションをとった。
彼女達の肘《ひじ》を持たせてもらって駅構内を歩き、エスカレーターにも乗った。
エスカレーターに乗る時も大丈夫かと確認してくださった。
どこの国から来たかを尋ねると、スコットランドという単語が聞き取れた。
京都見物が終わって、これから東京《とうきょう》に向かうとのことだった。

日本は美しい国だとの感想だった。

お寿司とラーメンがおいしかったとの言葉には、僕も笑った。

会話の流れの中で、彼女達の職業がドクターだとわかった。

しかも眼科のドクターだった。

僕の中で喜びが弾《はじ》けた。

言葉もなかなか通じないのに、困っていそうに見えた白杖《はくじょう》の僕を、眼科医の彼女達は放っておけなかったのだろう。

地下三階の東西線のホームから、地下二階の烏丸線へ移動した。

京都駅方面行の電車を待つ間も、僕達は親交を深めた。

白杖を持った僕と、サポートしながら歩く外国の女性達、語らう笑顔、なんとなくこの街に似合うように感じた。

やがて電車がホームに入ってきて、僕達は一緒に乗車した。

彼女達は僕を空いてる座席に座らせて、自分達は立っておられた。

僕は日本語のありがとうカードを渡した。

「thank you card please！」

次の駅で僕は電車を降りた。

乗降口で見送っている彼女達に向かって、深く頭を下げた。

「Have a nice day in Japan！ thank you！ ありがとう！」

それから改札口に向かった。

改札口でサポーターと待ち合わせていた。

サポーターは、京都の大学で学んでいる医学生だった。

僕は学生と、また別の電車に乗って近鉄向島《むかいじま》まで移動した。

ランチタイムだったので、僕達は学生が探してくれたパスタ屋さんに向かった。

彼女は僕と歩きながら、田んぼに稲穂が実《みの》っていることを教えてくれた。

その上にある空の表情も伝えてくれた。

僕はそこに田んぼがあることさえ知らなかった。

秋の気配をただうれしく感じた。

日本の美しい風景のひとつだろうと思った。

あのスコットランドのドクター達も見てくれたのだろうと、なんとなく思った。

帰宅してパソコンを開《ひら》いたら、

ホームページのお問合せフォームにメッセージが届いていた。
今朝《けさ》のスコットランドのドクター達からだった。
「親愛《しんあい》なる松永信也《まつながのぶや》さん
私達はスコットランドの眼科医で、今朝烏丸駅であなたにお会いしました。
あなたをお助けできたこと、光栄に思います。
そして、あなたが目に障害を抱える人達と一緒になって、
そうした人々のためになる素晴らしいお仕事をされているということに
感動しました。
あなたは人の心を動かすことのできる人です。
いつか将来、またお会いできたらと思います。
日本への旅行であるフレーズを学びましたが、
あなたとの出会いはこの言葉にぴったりです。
「一期一会《いちごいちえ》」
ご多幸を　　　ウマイマとマリアム」

インターネットで僕の活動などを検索されたのだろう。
正直、僕はそんなに素晴らしい人ではない。
でも、この「一期一会」という言葉、とてもうれしく思った。
日本の旅を終えたら、またスコットランドでお仕事をされるのだろう。
いろいろな病気の患者さんを治療してくださるのだろう。
そして励ましてくださるのだろう。
日本のドクターに、僕がしてもらったように。
心から感謝の思いが湧《わ》き上がった。
一期一会、僕も大切にしたいと思った。
それにしても、ドクターという職業の人達に縁のある不思議な日となった。

ウナギ

東京《とうきょう》での仕事が終わった日、ちょうど土用《どよう》の丑《うし》だった。
友人がウナギを食べに連れていってくれた。
高田馬場《たかだのばば》にあるウナギの専門店だ。
ちなみに僕《ぼく》は大のウナギ好きだ。
関西風に焼かれたウナギが、真っ白なごはんの上に鎮座《ちんざ》する。
一匹分あっても大丈夫だ。
少し山椒《さんしょう》をふる。
それに肝吸《きもす》いでもあれば、幸せは数日間は継続できる。
ウナギの香ばしさ、口の中でのふんわり感、タレの風味、絶妙の相性《あいしょう》だと思う。
視覚はないのだから味覚と嗅覚だけで食べる。
いや、ウナギ料理には、もともと視覚はそんなに重要でないのかもしれない。
最高級の幸福を感じられるのだから、僕にとったら不思議な料理なのだろう。

彼と会うのは三年ぶりだった。
コロナ禍《か》だったので、会うことそのものを自粛《じしゅく》していた。
十数年前、仕事で彼の奥様と出会ったのがきっかけだったが、
いつの間にか彼と会うことが楽しみになった。
とにかく博識だ。
やさしさもさりげない。
話をしていても肩が凝《こ》らない。
いい距離感なのだろう。
心から喜べる再会をできるのは、これもまた幸せというものだろう。
ウナギが好物と言っても、そんなにショッチュウ食べられるわけではない。
土用にウナギ屋さんというのも、初めての経験だった。
ふとウナギ屋さんの記憶を振り返って気づいた。
行ったことのあるウナギ屋さんをいくつもはっきりと憶《おぼ》えているのだ。
若い頃、高校時代の友人と初めて行ったウナギ専門店が京都《きょうと》駅前の江戸川《えどがわ》だった。
四条河原町《しじょうかわらまち》のかねよは、専門学校の教え子が連れていってくれた。

嵐山《あらしやま》の廣川《ひろかわ》は、見えていた頃の同僚達と行った。
岩倉木野《いわくらきの》にある松乃鰻寮《まつのまんりょう》は、ミニコミ誌の編集者が招待してくださった。
東京の神楽坂《かぐらざか》のたつみやでは、出版社の人と打ち合わせをした。
ジョン・レノン御用達《ごようたし》の店と知って驚いたのを憶《おぼ》えている。
故郷の鹿児島市《かごしまし》では妹が、薩摩川内市《さつませんだいし》では従妹が、
それぞれ地域の名店に連れていってくれた。
この忘れん坊の僕が、ほぼ完璧《かんぺき》に憶えているのだ。
よっぽど好きなのだろうと自分自身でも驚く。
ちなみに高田馬場のウナギ屋さんは愛川《あいかわ》。きっとまた記憶に残るのだろう。
幸せな香りのする記憶だ。

雑草

道を歩いていたら、突然、草が顔に当たった。
サングラスをしていたから痛くはなかったけれど、驚いた。
空中に草が浮いているはずはないから、手を伸ばして探《さぐ》ってみた。
道沿いの石垣の間から生えた雑草だった。
周囲には他にはなかった。
たった一本だけ生えていた。
また顔に当たったら嫌《いや》だなと思って、引っこ抜くために根元を探した。
石垣の小さな隙間《すきま》から生えているのを知った。
発芽してから、仕方なく真横に成長を始めたのだろう。
そして少し大きくなってからは、お日様に向かったに違いない。
茎が空に向かって湾曲《わんきょく》していた。
カッコいいなと思ってしまった。

引っこ抜こうとしていた僕《ぼく》の手の力が抜けた。
この酷暑の中、この条件で生きていくのは大変だろう。
そう思ったら、とても愛《いと》おしくなった。
僕はリュックサックからペットボトルを出して、根元の石垣に水を注《そそ》いだ。
ちゃんとできたかはわからなかったが、一生懸命にやった。
それから残りの水を飲み干した。
「お前も頑張れよ」
僕は声に出してそうつぶやいて、歩き出した。
この社会では、僕自身も雑草みたいなものかもしれない。
しっかりとお日様に向かわなくちゃ。

あとがき

一二年という時間の中で書いたブログは、一〇〇〇を超えていた。
その中から選んだ作品を収録して、新しい本を作りたいと思った。
見えない僕《ぼく》が、パソコンの音声ソフトを使って
このすべてを読み返すという作業は、困難を極《きわ》めると思った。
そこで、高校時代の同窓生の鷺山正美《さぎやままさみ》さんに、最初のセレクトをお願いした。
故郷の薩摩川内市《さつませんだいし》で、同窓生達が僕の活動を支援する
「風《かぜ》の会《かい》」というグループを作ってくれている。
彼女もそこのメンバーの一人で、僕のブログをずっと読み続けてくれていた。
彼女は快《こころよ》く引き受けてくれた。
彼女がセレクトしてくれた一〇〇〇余りの作品が、一応の候補となった。
どれにも愛着があり迷った。
僕だけでは決めかねると感じた。

そこで、視覚障害者ガイドヘルパーをしている
京都府立医科大学の二人の学生に相談してみた。
今泉《いまいずみ》 櫻子《さくらこ》さんと福田《ふくだ》結月《ゆうな》さんだ。
それぞれの若い感性は、それぞれの選択をしてくれた。
その選択も参考にしながら最終的な収録作品を選んだ。
本のタイトルの相談、それぞれの作品の校正、章立てに至るまで、
法蔵館《ほうぞうかん》の編集者の満田《みつだ》みすずさんにはお世話になった。
僕の写真は、友人の金澤孝年《かなざわたかとし》さんに撮影してもらった。
たくさんの人達にお世話になって、この本を社会に出すことができた。
手伝ってくださった皆様、心から感謝申し上げます。

二〇二四年　初秋

松永《まつなが》信也《のぶや》

松永信也（まつなが　のぶや）

1957年、鹿児島県阿久根市生まれ。

1975年、鹿児島県立川内高等学校卒業。

1980年、佛教大学社会福祉学科卒業。

1996年、16年勤務した児童福祉施設を退職。

1998年、京都ライトハウス生活訓練終了。

現在、龍谷大学、京都福祉専門学校、京都ＹＭＣＡ国際福祉専門学校、そのほか高校・大学などで特別講師、非常勤講師を務める。日本視覚障害者団体連合・同行援護事業所等連絡会会長、京都視覚障害者支援センター理事。

著書は、『風になってください――視覚障がい者からのメッセージ』『風になってくださいII――視覚障がい者からのメッセージ』（法藏館）、『「見えない」世界で生きること』（角川学芸出版）。

あきらめる勇気
――「見えなくなった」僕を助けてくれたのは

二〇二四年一二月二〇日　初版第一刷発行

著　者　松永信也
発行者　西村明高
発行所　株式会社　法藏館
京都市下京区正面通烏丸東入
郵便番号　六〇〇-八一五三
電話　〇七五-三四三-〇〇三〇（編集）
〇七五-三四三-五六五六（営業）

装幀　濱崎実幸
写真　かなざわ　たかとし
印刷・製本　中村印刷株式会社

ISBN 978-4-8318-5620-3 C0095
乱丁・落丁の場合はお取り替え致します

風になってください	視覚障がい者からのメッセージ	松永信也著	一、四〇〇円
風になってくださいⅡ	視覚障がい者からのメッセージ	松永信也著	一、〇〇〇円
今が楽しいんだよ	めぐみのガン日記	引田めぐみ・引田悦子著 青木　馨編	一、六〇〇円
ホッとひといき　川村妙慶のカフェ相談室		川村妙慶著	一、二〇〇円
お坊さんでスクールカウンセラー		坂井祐円著	一、八〇〇円
70人の子どもの母になって	お寺ではじめた里親生活	伊東波津美著	一、二〇〇円
絶望のトリセツ	人生の危機をのりきる方法	根本一徹・川本佳苗著	一、四〇〇円

価格税別